나를 읽어줘

나를 읽어줘

저   자 RAM

저작권자 RAM

1판 1쇄 발행 2020년 6월 29일

발 행 처 하움출판사
발 행 인 문현광
교   정 신선미
편   집 조다영
주   소 전라북도 군산시 축동안3길 20, 2층(수송동)
I S B N 979-11-6440-157-4

홈페이지 http://haum.kr/
이 메 일 haum1000@naver.com

좋은 책을 만들겠습니다.
하움출판사는 독자 여러분의 의견에 항상 귀 기울이고 있습니다.

이 도서의 국립중앙도서관 출판예정도서목록(CIP)은 서지정보유통지원시스템 홈페이지(http://seoji.nl.go.kr)와
국가자료종합목록 구축시스템(http://kolis-net.nl.go.kr)에서 이용하실 수 있습니다.(CIP제어번호 : CIP2020023949)

목차

프롤로그

나를 읽어 줘
날 좀 바라봐 줘
조금만 날 이해해 줘

끊임없이 신호를 보내던 나는
돌아오지 않는 대답 앞에
건전지가 닳아 버린 랜턴처럼 꺼져 버렸다
이제 너라는 건전지는 쓰지 않을 거다

꺼져 버린 랜턴처럼 삶이 참 힘들다고 느낄 무렵,
어릴 때 썼던 일기장 보관함을 뒤적이다가 나의 꿈 중에
'내 이름으로 된 책 출판하기'라는 꿈이 있었다는 것을 떠
올리게 되었습니다.

초등학교 시절부터 책을 참 좋아했고, 중학교 때부터는 짧은
글들을 썼습니다.
연습장 뒤에 낙서하듯 그렇게 몇십 년간 써 내려간 글들을
이제야 정리했고, 또 새로운 글들을 썼습니다. 그리고 올해
가 되어 비로소 출판을 해야겠다는 용기가 생겼습니다.

남들이 보기에는 하찮고 작은 꿈일지 몰라도 저에게는 더없이 소중한 꿈입니다.

제가 중학생 때부터 써 온 글들이기에 어린 학생들도 막힘없이 술술 읽어 내려갈 수 있는
그리고 마음에 쉽게 와닿는 그런 글들을 쓰고 싶었습니다.
누군가에게 한 번쯤은 있었을 만한 얘기들, 누군가에게 들려주고 싶었던 마음속 이야기들을 제 글을 통해 함께 느낄 수 있었으면 좋겠습니다.

RAM

1. 짝사랑

서글프지만 누구보다 간절한....

이따 연락할게
그 한마디에 하얀 밤을 보내고
새벽에 일어나 핸드폰을 보고
아침에 샤워를 하면서도 힐끔힐끔
행복한 기다림 뒤의 비참함

난 오늘도 너의 생각으로 가득한 하루를 보냈고
넌 오늘도 내가 없는 일상을 보냈겠지
아직 오늘이 끝난 건 아니니
너의 하루 끝에 한 번만 나를 떠올려 주겠니?

짝사랑

니가 날 향해 환하게 웃으며 걸어올 때 나는
심장이 터질 것 같이 뛰었고
예상치 못한 타이밍에 우연히 널 보게 될 때 나는
심장이 멎은 것 같았다
넌 그렇게 항상 날 몇 번이고 죽이고 살린다

언젠가 너의 애인이라며 그 사람을 소개해 주던 날
너의 옆에서 환하게 웃고 있던 모습을
난 아직도 선명하게 기억한다
시간이 흘러 이제 너의 곁에 그 사람은 없지만
한순간이라도 너의 사랑을 받았던 그 사람이 행복한 걸까
아니면 여전히 친구라는 자리에서
이렇게라도 너를 볼 수 있는 내가 더 행복한 걸까

짝사랑

술에 취한 날에만 나를 찾는 사람이 있었다
술에 취해야만 내가 좋다고 하는 사람이 있었다
나는 그런 거짓 감정까지도 고마웠나 보다

시간이 흘러간다는 것은
널 생각한 하루가 더 늘어났다는 것

짝사랑

단 한 번이라도 그대가 나로 인해
아파하고 아쉽고 안타까워했으면 좋겠습니다

시간이 흐르길 기다리면
그러면 한 번쯤은 뒤돌아볼까?
그때 내가 그곳에 서 있으면 될까?

짝사랑

항상 내가 다른 사람들에게 했던 말
마음을 표현하지 않으면 모른다고
그래서 넌 아마도 지금의 내 마음을 모르겠지

힘내!
그런 상투적인 말이라도
너에게 듣고 싶다

짝사랑

내가 아는 당신의 모습은 그저 조각조각에 불과하지만
난 그 조각의 모음으로 당신을 그려 봅니다
나와의 시간들이 당신에겐 큰 의미가 아니겠지만
다시는 오지 않을 시간일지도 모르지만
혼자 갖고 있는 이 마음으로 충분히 행복합니다
당신이 알아주지 않아도
내가 고백하지 않아도 충분히 행복합니다

가끔 걸려 오는 발신 불명의 끊어지는 전화가
더 이상 너라고 착각하고 싶지 않아
그러니까 한 번만 전화해서 니가 아니라고 말해 줄래?

짝사랑

세상에서 가장 슬픈 일은
내가 좋아하는 사람이
날 싫어한다는 것을 알아버린 것

너를 향한 내 마음이 너무 커서
내 감정을 말해 버리면
니가 부담스러울까 봐
너를 가둬 버릴까 봐
친구라는 문마저 닫아 버릴까 봐
난 그냥 이 자리에 있는다

짝사랑

나만
내 마음 다 퍼 주고
나만
내 진실 보여 주고
나만
애타고 그리워하고
나만
혼자 가슴앓이하고

니가 내 마음 받아줄 때까지
내가 변하지 않는다는 보장은 없어
그러니까 지금 빨리 너도 나 좋아해

짝사랑

나는 흐르고 너는 흐르지 않기에
내가 흘러서 네가 있는 곳으로 간다

언제이든 어디이든 니가 지나가는 길을 안다면
하루 온종일 기다리고 싶다
그렇게라도 널 보고 싶다

짝사랑

넌 그 애를 보고 난 너를 보지
넌 그 애를 보며 웃고 난 너를 보며 웃지
근데 넌 나를 보며 울더라
그럼 난 누굴 보며 울어야 하니?

진지하게 내 감정 얘기하면
그마저 있던 행복도 사라져 버릴까 봐
시시콜콜한 농담이나 주고받는다

짝사랑

사람에게도 동물처럼 각인이란 것이 있다면
나는 너의 눈앞에 제일 처음 나타나서
나를 각인시켰을 텐데
그러면 니가 다른 사람 바라보지 않고
곧장 나에게 올 수 있을 텐데

니가 보는 나는 보잘것없는 평범한 사람일 뿐이겠지만
너를 향한 내 마음은 어떤 것과도 비교하지 못할 만큼 특
별하다

짝사랑

내 마음이 가장 순수했을 때
날 이용했으니 넌 성공한 거다
내 마음이 가장 순수할 때
널 사랑했으니 나도 성공한 거다

멀리서 온다
어김없이 같은 시간에
"안녕" 한마디
이 한마디를 듣기 위해
매일 같은 자리에서 기다린다

짝사랑

가슴 깊이 담아 두던 내 맘
너에게 전하지도 못한 채
다른 사람에게 가버린 너
아껴 두지나 말걸
붙잡을 이유라도 만들어 둘걸

넌 언제나 힘들 때만 내가 생각난다며
나를 찾아와 위로를 받고 싶어 하지
그래서 난 니가 항상 힘들었으면 좋겠어

짝사랑

너와 마주치면 우연히 갖고 있었다는 듯 주려고 한
재킷 주머니 속 수줍은 초콜릿 두 알
언제 마주치려나 하루 종일 만지작만지작
무심하게 '이거 먹을래?'라며 연습도 하고
결국 너와 마주치지도 못하고 초콜릿은 녹았지만
하루 종일 상상만으로도 행복했던 날

니가 내 마음을 몰라도
끝끝내 모르고 지나간다 해도
너를 사랑했던, 그래서 오로지 너만 생각했던
수많은 날들은 내 가슴속에 남겨 둘게

짝사랑

더 마음껏 날 이용해도 괜찮아
그냥 잠깐 놀다 가도 괜찮아
니 인생에 잠시라도 내가 머물 수 있다면
난 아무것도 아닌 존재여도 괜찮아

내가 불행해야만 니가 행복할 수 있다면
난 충분히 불행해도 괜찮아
그치만 내 불행과 상관없이 니가 행복하다면
나도 행복하게 지낼래

짝사랑

모두가 아니라고 했다
너만 아플 거라고 했다
오래가지 않을 거라고 했다
하지만 난 아주 잠시여도 좋았다

짝사랑

2. 사랑하는 동안

지나고 나면 가장 짧게 느껴지는....

너네 둘이 되게 잘 어울려
연애할 때 남에게 듣는 말 중에
가장 기분 좋은 말

나한테만 예쁘면 되지 누구한테 잘 보이려고 그래?
아니야
난 내가 예쁜 여자가 되고 싶은 게 아니라
'저 사람 예쁜 여자랑 만나서 부럽다'라는 말을
니가 들을 수 있게 해 주고 싶어서 예뻐 보이고 싶은 거야

내가 좋아했던 상황을 기억해 두었다가
같은 상황이 생겼을 때 똑같이 다시 해 주고
내가 못 하는 것이 있는 것을 봤을 때
다음번에는 먼저 나서서 해 주고
내가 잘 먹는 것이 무엇인지 알고 있다가
그 음식이 나오면 슬그머니 앞에 놔 준다
진심에서 우러나오는 배려

첫눈에 불타오르는 사랑이든
천천히 이끌려 조금씩 익어가는 사랑이든
중요한 건 온전히 내 사람이 되었을 때부터
지켜 갈 수 있는 마음이다

사랑하는 동안

자주 듣는 음악 취향이 비슷하고
좋아하는 음식이 비슷하고
비슷한 환경에서 자랐으며
주량도 비슷하고
지식의 수준도 비슷하고
유머 코드도 맞는 사람
가능하면 이런 사람이 좋더라

마치 내 모든 것이 소중하다는 듯
손을 잡고 만지작만지작
얼굴도 찬찬히 하나씩 눈에 담고
놓으면 날아갈까 두려운 것처럼
꽉 안고 놓아 주질 않는다
난 너의 진심을 느낀다

상대방도 나를 사랑할까
나만큼 많이 생각날까
사랑이 깊어지면 드는 생각
이런 생각이 들면 연애에서 지는 거라던데
나는 오늘도 너에게 졌다

나만 아는 모습이 있다는 것은 참 행복한 일이다
다른 사람과 있을 때는 얌전한 사람이
나와 둘이 있을 때는 재잘거리기도 하고
나에게는 애교와 질투도 보여 주고
때로는 수줍게 부끄러워하기도 하고
나만 아는 모습은 평생 나한테만 보여 주면 좋겠다

사랑하는 동안

함께 하는 순간에도
이미 니가 너무 그리워
행복이 과분해서 다신 오지 않을 것 같아서

보잘것없는 꿈일지라도 나를 지지해 주고
별것도 아닌 고민이라도 진지하게 들어 주고
늘상 하는 투정이나 어리광도 다 받아 주고
재미없는 농담에도 웃어줄 수 있는 사람

말투가 닮아 가고
표정이 비슷해지고
행동을 따라 하게 되고
우린 그렇게 어느 순간 서로에게 물들었다

내일은 곁에 없을지도 모르니
사랑한다 고맙다 미안하다
지금 표현해야 한다
하고 싶어도 못하는 날이 올지도 모르는 법

그림자처럼 뒤에서 묵묵히 지켜 주는 것보다는
앞에 나서서 내 손을 잡아 이끌어 주는 것이 더 좋다

남는 시간에 심심하니까 한번 볼까가 아닌
바쁜 와중에도 잠깐이나마 시간을 만들어서 나를 보러 와
주는 것

좋은 것을 볼 때마다 함께 보고 싶어서 사진을 보내
맛있는 것을 먹을 때마다 같이 먹고 싶어서 사진을 보내
음악을 들을 때마다 들려주고 싶어서 음악을 보내
그렇게 함께하지 않는 순간에도 나누고 싶은 게 사랑이야

내가 먼저 시작하고
내가 먼저 표현하고
내가 먼저 사랑했지만
이제는 니가 먼저일 때도 있었으면 좋겠어
혼자 주는 것에 지쳐 버리기 전에

사랑하는 동안

'잘 자~'와 '잘 잤어?'
나의 하루를 열고 닫아 주는 너
내 삶에 들어왔다는 증거

알아요
생각보다 당신이 좋은 사람이 아닐 수도 있다는 거
나도 당신 기대만큼 좋은 사람이 아닐 수도 있어요
그래도 우리 사랑하는 동안만큼은
서로에게 있어서 최고의 사람이 되어 주기로 해요

나는 항상 처음 손잡았던 날을 더 진하게 기억한다
처음 손을 잡았을 때의 떨림은 첫 키스보다 더 강렬하다
이제 진짜 시작이라는 느낌과 설렘
그 순수한 순간이 가장 좋다

어쩌면 우리의 자그마한 공통점이
이미 우리 만남을 준비하고 있었나 봐

누군가를 사랑하는 것이 이번이 마지막이길 바래
니가 마지막이 아니라면
나는 너와 이별을 경험해야 할 테니

각자 잘하는 걸 하자
편지를 잘 쓰면 편지를 써 주고
계획을 잘 짜면 여행 계획을 세우고
요리를 잘하면 요리를 해 주고
그렇지 않아
잘하는 걸 해 주는 것보다
서툴러도 연인이 그걸 좋아한다면
해 줄 수 있는 게 진짜 사랑이야

사랑하는 동안

너로 인해 섭섭한 마음이 들거나
너로 인해 아쉬운 마음이 든다는 것은
넌 그대로인데
그저 내 사랑이 너무 짙어진 것일지도 모른다

너와 나의 기념일도
1년에 한 번뿐인 너의 생일도
모든 연인이 행복해하는 크리스마스도
하나도 중요하지 않아
내게 가장 중요한 건
널 다시 만날 수 있는 내일이야

사랑하는 동안

널 사랑하는 동안에 나는
내 사랑을 충분히 느낄 수 있도록 표현하고
너와의 시간들은 작은 것까지 담아 둘 거야
니가 세상 누구보다 사랑받는 사람이 되게 해 줄 거야
나와의 시간들이 최고로 기억되게 할 것이고
그래서 행여 우리 헤어지더라도 날 잊을 수 없게 할 거야

아침에 눈을 떴을 때
내가 사랑하는 사람이 옆에 있다는 그 느낌
하루 종일 행복할 수 있는 작은 시작

사랑하는 동안

누군가를 위해서 자신의 오랜 습관을 바꿔 본 적이 있는가
좋은 것을 보면 나도 모르게 떠오르고 나누고 싶다는 생각을
한 적이 있는가
섭섭하고 서운해도 그 사람을 위해 웃음으로 답한 적이 있는가
많은 사람과 있을 때에도 온 신경이 한사람에게만 집중되어 본
적이 있는가
그 사람의 과거 얘기가 마치 내 일인 듯 상상하며 즐겁게 귀 기
울인 적 있는가
그 사람과 나만이 처음인 것들을 만들고 싶었던 적이 있는가
그렇다면 당신은 그 사람을 사랑하는 것이다

사랑을 표현하는 방법은 모두 다 제각각이라서
상대방의 사랑의 언어와 행동을 잘 듣고 이해하려 노력해
야 한다
나만의 방식이 아닌
상대방의 방식에도 귀 기울일 줄 알아야
그 사람의 사랑을 느낄 수 있기 때문이다
그래도 가장 좋은 건 역시
나만의 방식대로가 아닌
상대방이 원하는 방법대로 표현해 주는 것이 아닐까

사랑하는 동안

좋아한다는 것만으로는
더 이상 표현이 되지 않을 때
그것이 사랑의 시작이다

나보다 덩치도 한참 큰 사람이
하루 종일 피곤했다며 투정 부리며
내 품에 파고들어 안겨 오면
나만이 줄 수 있는 위안을 주는 것 같아서 행복하다

사랑하는 동안

사랑할 때는
마음 - 말 - 행동까지
모두 시작처럼 지킬 수 있는 사람이 되길

함께 시작하지 못했던 과거
함께 할 수 있을지 모르는 미래
그러니 우리 함께 있는 현재에서
더 많이 사랑하고 더 많이 담아 두자

사랑하는 동안

첫사랑은 어느 날 훅 다가오기에 선택할 수 없지만
마지막 사랑은 자신의 마음을 더 이상 열지 않으면
그것을 마지막으로 선택할 수 있기에
난 너에게 첫사랑이기보다는
마지막 사랑이 되고 싶다

마이 유, my you, 나의 너
쓰지 않는 말이지만 내가 좋아하는 말
내꺼야 라고 생각하는 말

함께 자다가 눈을 떴을 때
자고 있는 나를 사랑스러운 눈빛으로 가만히 바라보다가
깨지 않을 정도의 작은 입맞춤을 해 주는 그런 사람

두 사람 모두 첫 연애가 아닌 이상
모든 것들이 처음이 아니기에
어느 날 문득, 이건 니가 진짜 처음이야~
라고 할 때의 기분은 이루 말할 수 없이 좋다

연락의 횟수가 중요한 게 아니야
묻는 말에 꼬박꼬박 대답을 잘하는 걸 원하는 게 아니야
새벽에 갑자기 자다 깼는데
정말 내가 보고 싶어서 보내는 한마디
나의 하루를 궁금해하고 나누고 싶어 하는 질문
진실함이 담겨 있는 너의 마음들이 필요한 거야

같은 노래를 들으면서
서로 다른 사람을 그리워할 수도 있다는 것을
문득 깨달아 버린 순간
우리가 모든 추억을 함께하지 못했다는 사실이 서러웠다

연애가 초보라 서툴러도 진심이 느껴지는
편지가 처음이라 글씨가 엉망이어도 정성이 담겨 있는
마음을 표현해 본 적이 없어서 잘 못 하지만
보고 싶다, 사랑한다 용기 내어 말해 주는
능숙한 연애 고수보다는 이런 사람이 더 좋다

사랑을 시작하고 시간이 지나면
문득 불안함을 느끼는 순간이 온다
그때 불안함을 해소해 주는 사람인지
아니면 그저 이해를 바라는 사람인지에 따라
훗날에 도착하는 곳은 확연히 다르다

좋아하고 사랑하니까
섭섭하고 화가 나는 거지

내가 이 사람에게 잘해 준다 못해 준다는 것은
내가 판단하는 것이 아니라 상대방이 판단하는 것이다
그러니 '난 최선을 다했어'라며
멋대로 결론 내리지 말 것

처음에는 누구나 설레고 가슴이 뛰지만
만날수록 편해지는 것은 불변의 진리이다
그러나 편해졌다고 아무렇게나 해도 된다는 것이 아니라
그만큼 가까워지기 위해 수많은 시간을 들였다는 것이다
그래서 더없이 서로에게 소중한 사람이 되었다는 것이다

사랑하니까 아껴 두는 거야
개똥 같은 소리 하지 말고
옆에 있을 때 남김없이 표현해라
버스는 떠나면 다음 정거장으로 가지, 후진해서 오지 않
는다

내가 더 좋아할까
니가 더 좋아할까
서로의 마음을 재는 만남은 하지 말자
우리가 서로 좋아하게 된 것 자체로
수많은 인연 중에 이어진 것만으로도 기적일 테니까

'너랑 얘기하는 게 제일 재밌어'라며
내 앞에서 환하게 웃는다
그래서 난 그 웃음이 더 보고 싶어서
더 재밌어지기 위해 노력한다

내가 널 더 많이 좋아해도 괜찮아 라고 말하면서
실은 니가 나를 더 많이 좋아하길 바랬고
내가 더 많이 보고 싶어 하는 걸 알지만
실은 니가 날 더 많이 보고 싶어 했으면 했다

말만 다정한 사람이 아닌
나를 대하는 마음이나 태도에서부터
다정함이 묻어나는 사람

사랑하는 동안

3. 이별

수없이 경험해도 익숙해지지 않는....

나를 읽어 줘
날 좀 바라봐 줘
조금만 날 이해해 줘

끊임없이 신호를 보내던 나는
돌아오지 않는 대답 앞에
건전지가 닳아 버린 랜턴처럼 꺼져 버렸다
이제 너라는 건전지는 쓰지 않을 거다

이별 단계:

불인정 - 후회 - 미련 - 인정

이별자리:

두 사람이 헤어지고

각자 있던 자리에 다른 사람이 그 자리를 대신하는 것

그 사람이 아니면 안 될 것 같던 시간도
성격이 찰떡같이 잘 맞았던 사람도
하늘만 허락한 듯 뒤얽혔던 인연도
눈물 나도록 가슴 시렸던 사랑도
언젠가는 끝나 버리더라

이별

기억을 흘리는 사람이 있습니다
세월이 지날수록 추억이 바래져 가고
떠올릴 수도 없이 희미해진 얼굴
기억하려 해도 이제는 다 기억이 나지 않아서
하나도 놓치고 싶지 않은 안타까움에
하염없이 흐르는 눈물은 어쩌면 눈물이 아닌 기억일 것입
니다

단 한 번이라도 눈물 없이 널 떠올릴 수 있었으면 좋겠다

이별

이제라도 잘하는 것이 고맙다기보다는
할 수 있었음에도 불구하고 안 했다는 것이 더 섭섭하다

마침표만 찍으면 끝나 버리는 문장처럼

너와 나 사이도 그렇게 쉽게 끝날 수 있었으면 좋겠다

이별

이제 나는 니가 없는 시간에도 나를 꾸미기로 했다
뭘 해도 예쁘다는 너의 말이 남아서
언젠가 한 번쯤이라도 우연히 만났을 때
여전히 예쁜 모습이고 싶어서
니가 그토록 사랑했던 그 모습이고 싶어서

생각보다 깊이 박혀 있는 기억
영원히 잊혀지지 않을 거라는 것
잊을 수 없다는 것
그래도 잊은 척 살아가야 한다는 것

이별

내가 너에게 손 내밀었을 때
한 번이라도 잡아 주지 그랬어
그러면 적어도 내가 일어설 수는 있었을 텐데

머리는 널 지우라 하는데
가슴은 아직도 널 그린다

이별

봄은 피는데 우리의 이야기는 피어나지 않는다
여름은 찬란하게 밝은데 너와의 길은 어둡다
가을은 알록달록 선명한데 너의 모습은 흐릿하다
겨울은 새하얗게 내리는데 우린 지나쳐가 버린 날카로운
바람이다
계절은 계속되는데 너는 이제 어디에도 없다

괜찮니
잘 지내니
아프진 않니
난 괜찮아
난 잘 지내
근데 아파

이별

가슴이 사무치게 아픈 건
널 못 잊어서가 아니라
널 그리워해서가 아니라
여전히 널 사랑하는 내가 너무 초라해서

미치도록 너에게서 벗어나고 싶다가도
문득 너의 생각이 나지 않는 날에는
너무나 불안해져
정말 니가 잊혀질까 봐

이별

잘 살고 있다고 하면 화가 나고
힘들게 산다고 하면 가슴 아프고

왜 이렇게 야위었나요
왜 이렇게 어두운가요
왜 이렇게 힘이 없나요
이제 나 없이도 잘 살아야지
왜 우린 둘 다 시들어만 가나요

이별

나를 보는 너의 눈은 자꾸만 흔들렸고
널 향한 내 모습은 너무 초라했기에
우린 헤어질 수밖에 없었다
그렇게 우린 서로에게 과거가 되었다

떠나려는 준비를 하는 그대 앞에서
더 이상 나를 뜨겁게 바라보지 않는 눈빛 앞에서
안아도 느껴지지 않는 사랑 앞에서
그대가 힘들지 않게 쿨하게 보내줘야 하는 걸까
내가 힘들지 않게 어떻게든 잡아야 하는 걸까

어차피 또 지나가는 바람인 것을
왜 매번 몸서리치게 차가운 걸까

깔깔거리며 웃던 소리
손잡고 걷던 한겨울의 거리
재미있게 봤던 영화
같이 부르던 노래들
다 기억이 나는데 너의 얼굴만 기억이 안 나
선택적 기억상실증에 걸렸나 봐

이별

너무 아팠죠
겨우 그댈 잊었죠
새로운 만남도 시작했죠
근데 휘청이는 순간
또다시 그대가 떠오르죠

본인이 편할 때 찾는 것이 아니라
내가 간절히 원할 때 있어 주는 것
난 그걸 바랬던 거야

이별

너 없이 살아 볼게
나 없이 살아가
우리 함께한 시간보다 몰랐던 시간이 훨씬 기니까
서로가 없는 삶에 금방 익숙해질 거야
그럴 거야

벚꽃나무가 눈꽃이 핀 나무처럼 보이고
흩날리는 벚꽃 잎이 눈이 내리는 것처럼 보인다
봄은 왔는데 나는 아직도 겨울인가 보다

이별

뒤돌아보니 행복했던 순간보다
상처받았던 기억이 더 많다
먼 훗날에는 행복했던 기억만 남을까?
아니면 처음부터 끝까지 아팠던 사랑으로 남을까?

내가 그림을 잘 그렸으면 좋겠다
사진 한 장조차 없는 너의 모습을
그려서라도 간직할 수 있게

이별

솔직히

다른 사람 만나서 행복하라고는 못 하겠다

아무도 만나지 말고 평생 나만 그리워하면 좋겠다

내가 아팠던 만큼 너도 아팠으면 좋겠다

나도 참 나쁜 사람인가 보다

어차피 잊혀지지 않을 사람이라면
가슴 속 깊이 묻어 두련다

이별

내가 놓은 것이든 나를 떠난 것이든
이별은 종류와는 상관없이
늘 아픈가 보다

언젠가 아주 우연히라도 너와 마주치면
아무렇지 않은 척
널 잊고 잘 살아온 척하려 했는데
막상 진짜로 마주쳤던 순간에는
어색한 인사와 뒤돌아 넘쳐흐르는 눈물뿐이었다

이별

미련하게
미련을 가져서
미안해

참 웃기다
내가 떠나려고 하면
없던 시간이 생기고
없던 부지런함이 생기고
없던 배려가 생긴다
원래 있었는데 안 했던 거네

이별

내가 기다릴 때는 오지 않더니
이젠 기다리지 않는데 온다
내가 너무 앞섰던 걸까
니가 너무 늦은 걸까

떠나는 너의 앞에서
나는 차마 울 수조차 없었다
내 눈물도 널 잡을 수 없는 걸 알기에
기다린다는 말도 할 수 없었다
내 기다림이 너에게 방해일 뿐이라는 걸 알기에

이별

유난히 하늘이 맑고 높았던 날에
사랑하기 참 좋았던 청량했던 날에
넌 내 곁을 떠나 버렸다
우중충하고 궂은 날에 떠났다면
내가 받아들이기 더 쉬웠을 텐데
말도 안 되는 핑계

잊은 듯하다가도 울컥울컥 올라와서
나를 모질게 할퀴어대는 너에게 받은 상처들
얼마나 시간이 지나야 이 아픔이 지나가고
널 다시 웃으며 마주할 수 있을까

이별

아직도 눈을 뜨자마자
핸드폰을 열어서 메시지를 확인한다
아무것도 없는 것을 알면서도
습관이라는 게 이렇게 무섭다

너무나 당연하게 너의 마음을 받아왔던 나
니가 떠난 후에야 소중함을 느끼는 나
너무 늦은 내 사랑에 후회하는 나

이별

한때는 우리도 불타는 시절이 있었겠지
매일 만나도 보고 싶고 끊임없이 사랑을 표현하던
이제는 그런 감정이 있었다는 것조차 새삼스럽게 느껴져
너무 멀어진 지금

쉽지만은 않겠죠
내가 사랑했던 사람이
두 번 다시 보기 싫어질 정도로 미워진 적은 한 번도 없었
으니까
헤어진다고 끝날 인연도 아닐 테니까

이별

한 명이 잔인하게 배신하고 뒤돌아 떠나지 않는 이상
모든 이별은 쌍방이 힘들다

내가 할 수 있는 건
멀리서 바라만 보기
마주쳐도 외면하기
그래도 다시 올지 모르니 기다리기

이별

가는 사람을 잡는 것이 더 힘들까
오는 사람을 막는 것이 더 힘들까
어찌 됐건 더 이상 인연이 아니라는 건 같을 텐데

같이 시간을 보낸 것과
같이 세월을 지낸 것은 다르다
그래서 그 안에 촘촘히 박혀 있는 추억들은
좋았던 기억이든 나빴던 기억이든
다 끄집어내기도
다 지워 버리기도 힘들다

손가락이 제일 무섭다
나도 모르게 누르는 번호
나도 모르게 말 거는 습관
잘라 버릴 수도 없고

행복하게 잘 살라고 해 놓고
정말 나 없이 행복할까 봐 겁난다
정말 나 없이 행복해 보여 화난다

이별

아주 작은 우연으로 사랑이 시작되듯
아주 작은 잘못으로 이별이 시작되기도 한다

같은 공간에 있어도 다른 것을 한다
이야기를 나누지만 마음은 나누지 않는다
이미 끝나버린 사이이다
너와 나의 시간은 이제 없다

이별

기나긴 시간이 지나도
수십 년의 세월이 흘러도
니가 내게 남아 있기를
나도 너의 안에 남아 있기를

우리 헤어지고 나면
너무 빨리 다른 사람 만나지 마
너무 쉽게 나를 지우지 마
우리 사랑했던 시간이 슬프지 않게

이별

끝이 보이는 사랑은 너무 가혹하다
더 이상 노력해도 안 된다는 걸 아는 순간
아름다웠던 둘만의 시간들도
더 이상 되돌릴 수 없는 추억일 뿐

너에겐 그저 내가 긴 인생 중에
잠깐을 같이한 만남일지 몰라도
내게 넌 평생을 안고 살아갈 그리움이 될 거야

4. 슬픈 인연

세상의 많은 인연 중에....

너의 일상에 대한 내 투정이
너에겐 지겹게 느껴질 수도 있겠지만
내게는 지겹도록 아프다

언제 올 거야?
금방 갈게 조금만 더 기다려 줘
기약 없는 약속은 언제나 슬프다
확신 없는 기다림은 언제나 아프다

언젠가는 다른 누군가를 만날 거라는 거
처음부터 알고 있던 사실이지만
어쩔 수 없는 현실이지만
그 말을 인정해야 할 때마다
내 가슴이 너무 아픈 것 또한 진실이야

기다림이 길어질수록 그 사람도 힘들겠죠
더 지치기 전에, 너무 늦기 전에 가야 할 텐데
세상이 참 쉽지가 않네요

끝이 정해져 있는 만남은
시작부터 너무 아프지만
끝을 알기에
순간순간이 한없이 소중하다

알아요
내게 올 수 없다는 거
어쩔 수 없다는 거
그래도 우리 모든 시간 지나고 나면
꼭 만나기로 해요
처음 그 약속 그대로

우리가 다가설수록 슬픔은 커지고
우리가 행복할수록 상처는 깊어진다

이제 놓아줄게요
기다려도 오지 않을 거란 거 알아요
그래도 나 잊으려는 순간부터
잊혀지는 그 날까지
조금 더 혼자 사랑할게요

슬픈 인연

한순간뿐이었지만
너의 영혼은 완벽한 나의 것이었다는 것
그거면 됐다

자신만의 방식과 기준을 가지고 살던 사람이
나를 만나 평생을 고수해 오던 잣대를 벗어나서
가슴 아픈 사랑의 길을 선택했다
나는 늘 고맙고도 늘 미안했다

우리 둘만 알아야 하는
이별 후에 가슴 아픔을 털어놓지도 못하는
평생 나만 혼자 간직해야 할

제대로 된 추억조차 없는 사람
기억을 떠올리려 해도 흔한 데이트조차 없었던 사람
너무나도 짧았던 사랑

다음 세상에서는 우리
제대로 처음부터 만나기로 해요
어긋난 인연이 아닌
잡을 수 없는 사랑이 아닌
인정받을 수 있는 연인이기로 해요

수많은 가시가 온몸을 할퀸다
가시덩굴은 원래 그 자리에 있었을 뿐
뛰어 들어간 것은 분명 내 선택이었는데
왜 난 나오질 못하는 걸까
왜 계속 갇혀 있는 걸까

기다려 줄 수 있어요?
늦더라도 꼭 갈게요
기다리지 말아요
나 못 갈 수도 있어요

시간이 흐르면 알게 되겠죠
당신이 끝까지 기다렸는지
내가 결국 당신에게 갔는지

넌 내 사람이었지만
한 번도 내 사람이 아니었고
난 니 사람이었지만
한 번도 니 사람이 아니었다
그렇게 우린
서로에게 속해 있으면서도
또 속해 있지 않았다

슬픈 인연

현실에 부딪혀 헤어지는 사랑
나중에 다시 만나서 사랑하자
그렇지만 나중에 다시 만나게 되었을 때에도
다시 사랑할 수 있을까?
다시 좋아질까?
다시 만날 수나 있을까?

기다릴게
정말로 기다리지 못할 걸 알면서도
내심 기대하게 되는 고마웠던 말

슬픈 인연

그저 너와 내가 연결되기만 하면 되는
아주 간단한 것일 뿐인데
왜 이렇게 우리의 줄은 얽히고설켜서 풀 수 없을까
힘들더라도 천천히 차근차근 다 풀고 나면
너와 나의 매듭이 지어질 수 있을까

괜찮아요
다른 사람 만나도 돼요
또 다른 사랑을 해도 돼요
하지만 제발 마지막에는 내게로 와요
당신의 마지막 사랑은 내가 될게요

슬픈 인연

시간이 지나면 너는 떠날 테니
시간이 너무 빨리 흐르는 것 같아서 슬퍼
하지만
시간이 지나야 다시 만날 수 있을 테니
니가 없는 시간은 빨리 흘렀으면 좋겠어

조금만 더 나를 간절히 원하면 안 되나요
조금만 더 나를 필요로 하면 안 되나요
조금만 더 우리 만남에 안타까워하면 안 되나요
우리가 만난 것이
그냥 스쳐 가는 인연이 아니라고 느낄 수 있게

몇 년을 생각해도 나는 너에게 속해 있다
수천 번을 고민해도 너는 내 사람이다
먼 길을 가야 하지만 반드시 닿아야 한다
처음부터 그럴 운명이었던 것이다

잠시 우린 쉬고 있는 거죠
아직은 끝이 아닌 거죠
이 시간 견뎌 내면
또다시 우리 시작할 거죠

슬픈 인연

5. 인생 그리고 인간관계

내 안의 생각들....

사람은 고쳐 쓰는 게 아니라고 누군가는 말했지만
충분히 고쳐 쓸 수 있다고 본다
단지 고쳐도 얼마 지나지 않아 다시 고장 난다는 것과
자꾸 고쳐야 하는 것에 지쳐갈 뿐

나이 어린 학생들의 풋사랑이라고 무시하지 마라
어쩌면 가장 순수하게 또 가장 절절하게
온전히 사랑에만 집중할 수 있는 유일한 시기일지도 모른다

우정을 놓는다는 것은
사랑을 놓는 것보다 몇 배는 힘든 일이다
우정은 천천히 쌓여 가지만
사랑은 한순간에도 충분히 이룰 수 있는 감정
그렇기 때문에
사랑을 잃었다고 해도
우정을 앞에 두고 다시 일어설 수 있지만
우정을 잃은 후에
사랑에게서 위로받을 수 없는 것 같다

괜찮아 이해할게
사실은 이해라는 말로 포장한 포기일 뿐

인생 그리고 인간관계

이 세상에는 용기가 필요한 일이 참 많다
조금만 용기를 내면
인생이 바뀔 수도 있는데
사람들은 겁이라는 벽에 갇혀서 산다

이 세상에 현재는 없다
과거와 미래만 있을 뿐
모든 지각은 이미 과거이기 때문이다

어떤 사람을 만나서는
내가 얼마나 악해질 수 있나 배우고
어떤 사람을 만나서는
내가 얼마나 착해질 수 있나 배운다
사람을 만나면
내가 어떤 사람인지, 어떤 마음들이 내 속에 있었는지
다시 한번 그 사람을 통해 깨닫게 된다

상대방에 대해 아무런 감정이 없다면
절대로 질투는 느껴지지 않는다
동성이든 이성이든

사랑은 지금이 아니면 안 될 것 같기에
주변을 보지 않고 달려갈 때가 많지만
우정은 이해해 줄 거라는 마음에 섣불리 행동하기 쉽다
사랑은 조금만 흔들려도 깨질 것 같아서
항상 조심스럽게 대하면서도
우정은 변하지 않을 거라는 믿음의 착각 속에
너무나 쉽게 대할 때가 많다

어떤 종류의 관계이건
그 관계는 시간이 지나면 변질되기 마련이다
그것은 어느 한쪽만이 자각할 수도 있고
두 사람 모두 자각할 수도 있다
문제는 먼저 자각한 사람이 아프다는 거다

인생 그리고 인간관계

사과를 할 때 가장 힘든 것은
내가 틀렸음을 인정하는 것이다
그것을 인정하지 않고 내뱉는 사과는
절대 진실할 수 없다

사람은 한 가지 모습으로만 살 수 없다
행동, 생각하는 것, 말버릇 하나하나까지
누구와 있는지, 어디에 있는지에 따라
제각기 다르게 변할 수밖에 없는 사회적 동물이므로
자신조차 모르는 모습이 내면에 가득할 테니
상대방의 모습 또한 전부 알려고 하진 말자

나이를 먹을수록 동향의 사람을 만나기가 어려워진다
고향이 아닌 타지에서, 낯선 외국에서, 사회생활에서
같은 동네 그리고 같은 시대의 사람을 만나게 되면
내가 다니던 그 거리와 내가 자주 가던 맛집들
그때 그 시절의 유행들을 공감해 줄 수 있는 사람을 만나면
마치 나를 아주 잘 알고 있는 오랜 친구처럼 가깝게 느껴진다

행복의 가치를 너무 높게 두면
행복에 도달하기도 전에 지쳐 버리고 만다
등굣길의 꽃 한 송이, 퇴근길 라디오의 음악, 맛있게 먹은
한 끼
이런 사소한 것들도 행복의 시작이다
때로는 조금 낮게 시작해 보는 행복이 내일을 살아가는
큰 힘이 된다

참 아이러니하게도
대다수의 불륜 혹은 그에 준하는 행동을 한 사람들은
상대방의 배우자 혹은 연인과 친하게 지낸다
우월함의 표현인가
죄책감의 소멸인가

나를 응원하는 마음들이 모여
나는 더 앞으로 나아간다
나를 질투하는 시선들이 모여
나는 더 빠르게 달려간다
달든 쓰든 더 나은 내가 될 수 있는 거름으로 쓴다

실망과 기대의 반복의 끝은
언제나 포기이더라

섭섭함이란 감정은
내 생각대로 해 주지 않는 상대방 때문이 아니라
상대방에게 너무 많은 기대를 줘 버린
나 자신 때문에 드는 감정

나를 대하는 편협한 사고와
항상 부정적인 대답을 하는 사람들은
그냥 처음부터 내 사람이 아니었던 거다
의미 없는 시간 낭비일 뿐인 인간관계는 끊어 내자

어설픈 기대와 쓸데없는 용기는
언제나 상처를 가져온다

마지막까지 최선을 다한 사람은
돌아선 순간 후회하지 않는다

첫사랑이 제일 오래 기억될 줄 알았는데
제일 많이 사랑했던 사람이 남더라

그토록 사랑을 갈구할 때에는
날 바라봐 주지 않았으면서
왜 내 상처가 아물어갈 때쯤
그제야 잘해 주는 걸까

내가 이만큼 사랑할 때 상대방은 저기에 있고
상대방이 날 사랑할 때 나는 또 다른 거리에 있고
동시에 사랑하고
똑같이 사랑하면
사랑에 아파하고 저울질하며 상처받을 일 따윈 없을 텐데

예전에는 내가 좋아하는 사람을 선택했지만
앞으로는 날 좋아하는 사람을 선택할 거야
너에게 받았던 아픔을 다신 겪지 않으려고
현실과 타협 중이야

너에게 내 모든 것을 말할 수 있는 것은
나를 너의 기준과 경험의 잣대로 판단하려 들지 않고
있는 그대로의 날 인정하기 때문이다
완전히 나를 이해하지 않아도
또 내가 이해되지 않더라도
그 어떤 편견이나 색안경 없이
나를 받아들일 수 있기 때문이다
그리하여 나는 너를 친구라고 부른다

그 시절에 만났기 때문에
우리가 그토록 빛났던 거다
인생에서 가장 눈부셨던 스무 살의 한복판에서

사랑한다고 해서 다 가질 수가 없듯이
싫어졌다고 해서 다 헤어질 수는 없다

감정을 나누지 않는 만남은
아무런 의미가 없다
시시콜콜 하루 얘기를 하더라도
느낌을 나누지 않는 대화는
아무런 의미가 없다

술 한잔하자
했을 때 기꺼이 나와 주는 친구
힘들다
했을 때 기꺼이 들어 주는 친구
행복하다
했을 때 기꺼이 기뻐해 주는 친구
비밀인데
했을 때 끝까지 지켜 주는 친구

이상형 따위는 처음부터 없었던 거다
그냥 내가 좋아하는 사람이
그때의 내 이상형인 거다

우정이든 사랑이든
유머 코드가 맞는 것이 중요하다
같은 상황에서 함께 웃는다는 것은
상당한 친밀감을 주기 때문이다

인생 그리고 인간관계

때로는 너무 깊이 파고드는 친구보다는
가볍게 농담하며 술 한잔하는 만남이 필요할 때도 있다

남녀 사이의 우정이
존재하지 않는다고 생각한다는 것은
본인의 마음이 순수하지 않았거나
상대방의 마음을 우정으로 이용했거나

살아 온 인생이 상대방보다 길다고 해서
본인의 길이 꼭 옳은 것은 아니다
조언은 하되 강요는 하지 말아야 한다
부모이든 선배이든 상사이든
어른이면 살아 온 세월의 무게만큼
더욱 현명하게 아랫사람을 대할 수 있어야 한다

적어도 부탁할 때만큼은 공손할 수 없을까
거절을 잘 못 하는 사람들에게
최소한의 예의만이라도

세상에는 두 종류의 사람이 있다
꾸중을 들으면 오기가 생겨서 더 잘하는 사람
칭찬을 들으면 자신감이 생겨서 더 잘하는 사람
당근과 채찍도 사람 봐 가면서

사랑을 할 때 나를 잃어 가는 사람보다는
나를 더 나답게 만들어 주는 사람을 만나기를
헤어지고 나서 잃어버린 나를 다시 찾는 것은
상대방을 잊는 것보다 훨씬 힘들기 때문에

인생 그리고 인간관계

현실에 만족하지 않는 사람들이
자꾸 과거를 회상한다고들 하는데
삶에 너무 지쳤을 때
한 번쯤 꺼내어 웃음 짓게 되는 그런 추억은
오히려 나의 삶을 지탱해 준다

어른이 되었다고 해서
아픔의 크기가 줄어든다거나
상처를 덜 받는 것은 아니다
단지,
상처를 입을 때마다
회피하거나 묻어둘 수 있는 요령이 늘었을 뿐

인생 그리고 인간관계

돈 없어도 충분히 행복할 수 있어
아니야 돈이 있으면 더 행복할 수 있어
살면 살수록 더욱 이해가 되는 말

슬픔이라는 감정은 언젠가는 사라지지만
가슴에 새겨진 상처는 흐릿해질 뿐 지워지지 않는다

믿음은 큰 덩어리로 쌓는 것이 아니라
작은 조각들로 차곡차곡 쌓아야 하기 때문에
한 번 무너진 믿음을 다시 쌓아 올리기는 힘들다
더군다나 한 번 무너진 믿음의 조각은 사라지기 때문에
다른 조각을 찾아 메꿔야 하는데
조각의 개수는 한계가 있기 때문이다

공간을 나눈다는 것은 쉽지만
시간을 나눈다는 것은
진심이 담기지 않고서는 힘든 일이다

적당히 모르고 사는 것이 더 나을 수도 있다
너무 깊이 알면 서로 너무 많이 관여하고
그럴수록 피곤한 일만 더 늘어날 뿐이니

어릴 때는 울고 싶으면 울 수 있었다
나이가 들수록
턱에 숨이 차도록 서럽게 울지도
눈물이 줄줄 흐르도록 울지도 못한다
느끼는 감정은 같아도
감정을 감추고 살아야 할 상황이 너무 많기 때문이다

재미있지 않아도 웃을 수 있고
슬퍼도 감출 수 있고
아파도 일어날 수 있고
싫은 사람과도 잘 지낼 수 있다
나이가 들면 어쩔 수 없이 거짓 인생을 살아야 한다

우리 둘만 좋으면 되지
우리 둘만 행복하면 되지 라는 관계는
어릴 때만 할 수 있는 특권이다
그러니 그 시절에 거리낌 없이 용기 내어 마음껏 사랑하길

너는 너무 어린 나이에 만나서
사랑을 지켜가는 방법을 몰랐고
너는 너무 늦은 나이에 만나서
사랑하기에 버려야 할 것들이 너무 많았다

이별의 아픔은 감출 수 있지만
사랑의 기쁨은 얼굴에 드러난다
인간은 아마도 행복에 더 약한가 보다

아무리 노력해도 내가 할 수 없는 일이라면
빨리 포기하고 내가 잘하는 것에 도전하는 것이 더 낫다
내 노력만으로 되지 않는 것이 세상에는 너무 많으니

나 좋아하는 사람이 생겼어

뭐 하는 사람인데? 라고 묻는 사람

그 사람은 너한테 잘해 줘? 라고 묻는 사람

나 많이 아파

아프면 약 먹고 병원 가 봐 라고 하는 사람

괜찮아? 어디가 아파? 라고 묻는 사람

나 새로운 일을 해

얼마나 버는데? 얼마나 드는데? 라고 묻는 사람

좋아하는 일이야? 라고 묻는 사람

두 종류의 사람들

인생 그리고 인간관계

가족은 내가 선택할 수 없기에
성격이 안 맞거나 가치관이 달라도
이해하거나 받아들여야 하지만
친구는 내가 선택할 수 있기에
나에게 상처를 주는 친구들까지 보듬으며
굳이 내 곁에 둘 필요는 없다

살다 보면
남자친구들의 조언이 필요한 날도 있고
여자친구들의 공감이 필요한 날도 있기 마련

에필로그

한참을 망설이다가 "나, 책 낼 거야."라고 말했을 때,
나의 꿈이었다는 것을 기억해 주었던 친구들과 멋있다고,
글이 와닿는다고 진심으로 저를 응원해 주던 사람들이 있
었기에 끝까지 용기 낼 수 있었습니다.
제가 쓴 글들을 원고라는 이름하에 다시 정리하다 보니
부족한 것도 많이 느껴졌고, 한편으로는 지난날의 제 삶
을 다시 돌아볼 수 있는 계기도 되어 더욱 의미 있는 작업
이 아니었나 싶어요.

처음이라 많이 서툴고 한없이 부족하겠지만,
출판하기까지 저에게 용기를 준 소중한 저의 사람들과 인
스타를 통해 제 글에 좋은 반응을 보여 주었던 분들 그리
고 정성으로 저의 책을 만들어 준 출판사 관계자분들에
게 감사드리며,
어쩌면 또 다른 시작일지도 모르는 저의 첫 번째 책을 읽
어 주신 분들께도 진심으로 감사드립니다.

                                    2020년 5월 어느 날....